KB089455

# 시로 보다

박
시
걸

시
집

**초판 발행** 2016년 8월 15일
**지은이** 박시걸
**펴낸이** 안창현 **펴낸곳** 코드미디어
**북 디자인** Micky Ahn
**교정 교열** 백이랑
**등록** 2001년 3월 7일
**등록번호** 제 25100-2001-5호
**주소** 서울시 은평구 갈현1동 419-19 1층
**전화** 02-6326-1402 **팩스** 02-388-1302
**전자우편** codmedia@codmedia.com

**ISBN** 979-11-86104-39-2  03810

**정가** 10,000원

# 시로 보다

*Poetic Reflections*

박 시 걸 시 집

Bahk Sheegul

photo by Ronel Huth

생명이 있기에
오늘도,
70kg 남짓한 질량이
지구 표면을 움직이며
허다한 존재들을 본다

하늘과
구름과
산과
강과
바다와
별과
달과
해와
나무와
풀과
바람과
동물과
기계들,
그리고 사람들

우주 안에서
생生을 공유하는 존재들의
무사안일을 기원하며…

# contents

## 01 —

봄에

*In Spring*

# 여름에

## In Summer

— 02

# contents

03 —    가을에
*In Fall*

# 겨울에      ― 04
## In Winter

# contents

05 —

영어로

*In English*

# 노래로 — 06
## In Music

*1*

봄에

*In Spring*

작심

해가 가고
해가 오며
호흡이 부풀리는
길목에서

태초 이래
온갖 사연 지어온
인성의
맥을 더듬는다

끝없는 부딪김으로
허물어지고
일구어지는
시간의 엮임 속에서

우주 끝엔 없을
지리한 허상들
비워 보려
오감을 턴다

순리


그리 믿는다


설익은 하늘 조각하던
신비한 생성의 기운은


오늘도


돋은 고개 떨구게 하고
조여진 마음을 헐겁게 한다

# 봄, 그 아이

서울서 전학 온
댕기머리 고운 아이
하굣길 마주치면
맑게 웃던 그 아이

뛰는 가슴, 옷에 묻고
부푼 얼굴, 바람에 풀며
멀리서 따라가던
봄날 속의 그 아이

아지랑이 부스대던
철쭉꽃 언덕 넘어
그 아이 지내 살던
돌담집 이를 때면

알았던 듯
미소로 돌아 보며
아련히 사라지던
꿈에 보던 그 아이

그 아이,

지금은 어디에 있을까?

# 그대

그대를 알게 되면서
내 하늘이 열리고
그대의 그윽한 눈길에
내 마음 담았어요

그대의 다정한 목소리
내 가슴을 적시고
그대 사랑의 울림에
난 행복 알았어요

나,
그대에게 가고 있어요
그대 안의 깊은 곳을
날아보고 싶어요

그대의 따스한 손길
내 영혼을 깨우고
그대와 빚는 순간들
꿈같은 나날들

그대와 함께라면
난 어디든 갈래요
그대 사랑의 날개에
날 싣고 떠나가요

나,
그대에게 가고 있어요
그대 안에 나, 모든 나
녹아지고 싶어요

끝

그대가
나의 끝을
세우고

내가
그대의 끝에
설 때

우리는
절정으로

그대가
나의 끝을
안고

내가
그대의 끝에
감길 때

우리는

무한으로

그대는
나의
끝

나는
그대의
끝

## 밀레니엄

내가
그대의
스마트폰이라면

그대는
다정한 손길로
나를 보듬고
쉼 없이 만져 주겠지

견디기 힘든
컴컴한 공간을 삭히던
나를 불러내
조이던 숨통을
훌훌 열어 주겠지

꽃내음 살랑이는
고궁을 손잡고 거닐며
덧없이 닳아가는
나의 밑동을
감싸주기도 하겠지

아늑하고 고상한

커피숍에도 가서

그대 즐겨보는 책 곁에

온몸을 펴고 누워

간간이 비음을 울리게도 해주겠지


세태에 시달려

잠 못 이루는 밤엔

베개 곁에서

그대를 웃기고 울리는

반려가 되어줄 수도 있겠지


내가 그대의 스마트폰이라면…

## 몽상

꿈같이 흐르는
초록의 향연

섬 없이 솟구치는
주홍의 전율

화사히 터뜨리는
천상의 희열

아련히 멀어가는
촌시의 환상

## 지하철 3호선

달구어진 열차가
동호의 대교를
다림질하며
석양의 시선 속에
기적 날리며
세차게 달린다

신사가 와서
압구정에 들러
약수를 보듬고
충무로 가면서
안국을 기리다가
경복의 궁에 안긴다

세파에 조각된
허다한 표정들이
움직이는 공간에
반듯하게 모여
눈빛 나누며
여정을 포갠다

# 염원

오늘도 무리들이
그대 손끝에 머문다

병든 여인의 애잔한 바램에
철없는 아이의 더덕이 울음에
눈먼 시인의 단아한 절규에
그대가 묻혀 지냄을
모르는가 보다

하늘을 우러르는 동공,
비옥한 망각의 포옹 속에
후박한 전설의 환호 속에
세속의 굴레 벗고
천운의 지경 헤아림에

사막의 붉은 바람 사이
염원으로 점철된 합장,
백송을 바라지 않는 들꽃처럼
폭포를 기리지 않는 샘물처럼
태고의 선율, 벽공에 엮을 때면

어느새 그대는

나의 숨결에 다가와

뜨거운 신음을 토한다

구름


밤 하늘 휘젓던
커다란 물덩이들


고아한 초승달도
청아한 뭇 별들도
붙들어 가고 말았구나


차라리 빗물로
쏟아져 버렸더면…


아침 햇살마저 막아선
그대들은
누구?

# 세월

밤낮없이
기도 향 피우며
금으로 옥으로
보살피었는데

하늘도 눈물지은
인성의 뒤틀림에
맥없이 스러진
꿈나무 수백 그루

2,400억 플러스
빼기 골프채 50억
지르고 후리고 괄호 닫고
나누기 304…

나라가
기운을 차리면
무한으로 기려질
애석하고 고귀한 희생!

# 핸디 50

어둠 벗은 흙 길자락
설레임에 부실부실

햇살 어린 수풀머리
정겨움에 번들번들

이슬 젖은 솔잎가락
수줍음에 야들야들

새벽 깨운 어린 새들
호기심에 꾸룩꾸룩

나뭇가지 사이 사이
모아진 눈 초롱초롱

정적 찌를 티샷 행마
다가옴에 조마조마

백여 가지 기억 너머
장대 머리 쿨럭쿨럭

아하 오호 슬라이스
오호 아하 히득히득

517

황혼의 교태에
부르대던 만상들이
마구,
스러진다

하늘도 꺼질 듯
혼탁한 어스름이
마구,
다가온다

호흡마저 앗을 듯
스산한 밤기운이
마구,
조여 온다

아침을 기다림에
흩어진 맥박이
마구,
헐떡인다

여자


실과의 전설
신술의 운명
인성의 원천


이브 사라 마리아 엘리자베스
에디트 마돈나 비욘세 가가
맹모 테레사 대처 수치 힐러리
선덕여왕 율곡모 관순 연아 등등


자국 난 얼굴
영근 땀, 열린 눈물
포근한 무지개


건너편 마을 사람들의 우상!

# 독도에 핀 꽃*

고운 꿈 잎새에 달고
벼랑에 살 내린 줄기
거칠게 닥친 풍랑에
골 깊은 상처 얻었네

처연히 찢겨진 날들
낮의 해는 알고 있네
스산히 헝클린 날들
밤의 달은 알고 있네

아, 독도에 핀 꽃!
단아한 향기를 내며
아, 독도에 핀 꽃!
하아얀 모습 고와라

산산이 부서진 꿈들
별처럼 헤쳐진 기억
벽천에 새겨진 눈물
천주의 위로 얻으리

아, 독도에 핀 꽃!

어두운 세월을 벗고

아, 독도에 핀 꽃!

동해의 증인이어라

---

\* 일제강점기에 위안부로 역경을 겪은 분들을 기리는 시

2

여름에

*In Summer*

# 인수봉

밤새 부은 주룩비가
세간의 잡티들을 쓸어내렸다마는
그대의 무뚝뚝한 얼굴은
아직도 펴지질 않고 있구나


만세 누린 시야 가리던
넝마구름 조각들도 산산이 부서졌다마는
그대의 등진 자태는
아직도 돌아서질 않고 있구나


천륜 떨치고 민심 후리던,
안개 시늉하던 더러운 연기도 벗겨졌다마는
그대의 내리 감은 눈은
아직도 떠지질 않고 있구나


푸르던 옷자락, 해코지 추풍 맞아
붉은 피 토하며 잿빛 살결에 묻힐 때면
얼음 꽃 조각된 하얀 새 얼굴로
한 번쯤은 돌아보고 웃어 주기도 하겠지

# 마운트 위트니

태고에 빚어진 신비로운 흙무더기
떠도는 구름 갈아 하얗게 분장하고
밤새 달군 해가 금색 조명 비출 때면
장엄한 얼굴 되어 천하를 내려본다

억만년 흘러온 심곡의 물줄기들
세인의 발목 안고 절절히 흐느끼고
밤하늘 은하수에 별꽃 폭죽 터질 때면
한 줌의 욕망 덩이 눈물로 녹아진다

하늘의 검은 무리 별빛들 지워 가고
칠흑 어둠 다가옴에 눈도 감고 귀도 닫고
데스밸리 팔베개에 한숨을 접을 때면
숙연한 정적만이 천로를 도닥인다

## 장항부두

검은 바다 떠돌던 파란 꿈 조각들
하아얀 파도 되어 전설로 돌아오면
무수한 발길 보낸 추억 어린 선창가엔
묻힌 음성들이 도롬도롬 울려난다

고깃배에 낭군 보낸 아리따운 새댁 여인
막막한 그리움에 눈물로 석양 지우고
귀뚜라미 울음 깔린 긴긴밤 문턱 너머로
허한 가슴 추스르며 그믐달로 어둠에 든다

밤새 오른 안개 밀고 정든 아침 얼굴 내면
어물 쏟는 뱃머리엔 아낙네들 북적이고
짠 내 절인 돌바닥에 한낮 햇살 포개지면
떨궈진 배불둑 복어 하늘 보고 눈 흘긴다

청세도 왜세도 떨친 철길 감는 작은 항구
대양선 기적 소리에 금제련소 한숨 풀고
망연히 미끌어 가는 군산행 여객선엔
세월 무른 갈매기들 백제를 노래한다

# 라스베가스

라밤바! 라밤바! 길을 멈추어 목청을 열거나 동작만 지어도 시선을 모으고, 거리의 악사들이 모퉁이마다 음률을 풀어내며, 라이브 쇼들이 즐비하게 펼쳐지는 이 도시는 공연예술의 메카인가

스쳐 지나는 발길들, 지구촌 곳곳을 누비다 온 발길들, 그들이 떨구는 더덕진 삶의 부스러기들은 환락과 요행의 도시, 스트립으로 불리는 거리를 뒹군다

베란다에 걸쳐진 숨결, 카지노 안팎을 오가는 행인들 겨누며, 어디서 태어나 무엇을 하고 살아오다가 이 순간에 이르렀을지를 막연히 가늠하여 본다

가로등 하나둘 밤기운 지피고, 백주를 거부하던 문명의 조형물들 붉은 웃음 터뜨릴 때면, 불꽃 그리던 엷은 가슴들 굽었던 나래 펴고 봇물처럼 광장을 메운다

스산한 사막 바람은 살포시 다가와서, 어둠 자락 움켜진 욕망의 발자국들 하나하나 은하수로 날라다 심는다

# 산마루

붉은 비에 젖은 서해 바다 위로
벅차게 피어난 하얀 구름들이
무지개 펼치며 산마루를 돈다

억년 맥박 얻어 하늘 우러르며
푸른 꿈 나누던 정겨운 벗들이
옛 시절 그리며 산마루에 선다

마주한 눈길에 촉촉한 우정이
오가는 말길에 탄탄한 신애가
버거운 세월을 산마루에 푼다

## 기차 인생

달린다

파란 굉음 뿜으며
쿠얼 컬

붉은 숨결 토하며
허얼 헐

철길 받는 행로

달리고
또 달린다

어디로 가는 건가?

모른다

그래도 달린다

## 전쟁과 평화

전쟁이다

화력이 대단하다
전술도 화사하다

어디서 모았을까
그 놀라운 것들을

수라장 싸움터
난무하는 팔, 다리

머리 잘려 허물어진
사연 절인 몸뚱이들

그 사이에, 평화가
얼굴을 디민다

짙은 안개 젖히고
색색 옷깃 여미고

어떻게 지었을까
피폐함 속에서

그래,
산다는 건 전쟁

그리고 탈춤 같은 평화

그 안에 우리가 있다

라마

애완견 라마는
앉아, 서, 뒹굴어, 하이파이브뿐 아니라
사람이 쉽게 못하는 것도 한다

맛난 음식 코앞에 대고
"기다려!"하고 말을 하면
고개 돌리고 얼마든 기다릴 줄도 안다

잘못하여 꾸지람 들으면
씰룩씰룩 벌방에 걸어 들어가
자숙의 시간도 가질 줄 안다

깜박하여 한참 후에 불러내도
좋아 좋아 벌방서 달려 나와
해맑은 모습으로 안겨 온다

사람처럼 격한 말 안 하고
살래살래 둘레둘레
꼬리, 몸, 눈빛으로 천진을 달고 산다

평화로운 나라 이룰
돌아봄, 참아냄, 정겨움의 심성은
자책, 인내, 관용을 품고 산다

라마는 어쩌면
세상 어떤 사람들보다도
수준 높은 존재이다

## 복실이

사람과 살던 소중한 식구

일순간 눈 팔다가
주인 잃고 잠터 잃고
길섶에서 눈물로 지샌
셀 수 없는 나날들

낯선 이에 붙들리어
보호소 생활 스무 날에
사람 말 못해, 사람 글 못써
사연 품고 속 앓던 시간들

유기견으로 강등되어
식용견 농장에 관송되니
이제 남은 건,
무게로만 정해지는 가치

사람의 위에서 녹아질 고기

어떤 친구는 명대로 살고
무덤에도 묻힌다는데…

# KTX 할매

붉은 해 하품하는 한낮 대전역 광장 모퉁이에 키 작고
얼굴 큰 할매가 때 저민 바구니 밀며 한 푼 달라 투덜인
다 하늘 물린 신호 보며 표정 닦던 눈동자들 엉겁결 마주
함에 엷은 가슴 쓸어내며 주울 주울 주머니 비운다 짙은
노을 달고 미끄러지는 서울행 KTX에 노랑 보따리 구걸
할매 창가 좌석 커튼 닫고 검은 잠에 묻혀든다 어디로 가
는 걸까 서울 사는 할배 위독해 상경하는 길일까 아님 그
저 일 마치고 귀가하는 길일까

# 노 브랜드

이름 없이 와서
이름 없이 주고,
브랜드 없이 가는
노브랜드

"어디 꺼야"가
끔찍이 자리하던
수라장 터에 온
노브랜드

여차하면 터질
살가죽 달고
민낯으로 내민
노브랜드

속속들이 비운다
행적도 지운다
떵떵이 브랜드들
곁에서 휘청인다

나도,

노 브랜드로

이름 없이, 흔적 없이

살아 보련다

## 울고 있나요

시간이 그대를 속이고 있군요

나도 그런 적이 있었기에

아물던 상처가 불거지는군요

어차피 한 길로 모아질 행로

돌에 부딪긴들, 바람에 휘둘린들

결국은 영원으로 녹아질

물방울 같은 머물음인데

언덕 너머 돌아 보면

하얗게 웃어버릴

작디작은 엉킴이기에

시리고 저리고 아픈 옹어리들

거침없이 터뜨리고

우리,

담담한 질량으로

우주를 걷기로 해요

## 숲이던 길

원래는,
숲이었다


이슬 머금은 이파리들
정든 햇살에 찰랑이고
살 통통 다람쥐들
도토리 물고 놀던,
숲이었다


밤새운 소쩍새들
졸음 속에 세월 켜고
구불구불 얽힌 뿌리
천 년 신비 다스리던,
숲이었는데…


돌연히 찾은 흑마
가려진 살 들쳐내고
찾아들고 드나들더니
숲엔,
길이 났다

수풀 녹인 거친 체취
흰 살 자국 두드리며
한치 두 치 파고드니
숲에는, 확연한
길이 났다

달구어진 발길 아래
가슴 열며, 마음 풀며
백년해로 엮던 삶은
기약 없이 말라가는
기다림의 길 되었다

여유롭던 풀 포기들
문지러진 꿈 자취에
잃어버린 향내 찾아
멀어져 간 기억 삭힌
흙 포대기 길 되었다

굳어져 간 눈물의 밭
숱한 길손 거쳐 가며

꿀렁꿀렁 술렁술렁
구구절절 사연 빛는
고달픈 길 되었다

덜컹이는 기계들이
전설을 문지르고
풀숲을 연기하며
환상을 잠재우는
평퍼짐한 길 되었다

원래는,
숲이었다

가슴

뛴다
가슴이 뛴다
살아있는 까닭에

설렌다
가슴이 설렌다
사랑하는 까닭에

미운다
가슴이 미운다
후회하는 까닭에

무른다
가슴이 무른다
잊어가는 까닭에

잔다
가슴이 잔다
멀어가는 까닭에

눈길


눈이
내린다


유리바닥에
눈이 내린다


지하철에도
버스와 택시에도


방안 식탁에도
텔레비전 앞에도


번득이는 작은 물체에
허다한 눈이 내린다


쉴 새 없는 눈의 내림에
사라져가는 눈길


사람 사는 공간에서
주고받던 눈길

절세의 늪에
흔적을 묻고 있다

3

가을에

*In Fall*

## 가을이 오면

가을이 오면
나는, 시를 쓰고 싶다
알몸이 되는 나무 아래서
뒤척이는 낙엽을 보며

길고 너른 하늘에 걸린
헐거워진 나의 가슴
백지장에,
줄줄 풀어 내리며

분주히 밀던 바람
바다 건너 멀어감에
구겨졌던 시간들
빈 가지에 펼치어 널며

가을이 오면
나는, 시를 쓰고 싶다
색색 걸쭉한 기억들 갈아서
그 물감으로…

# 석류

갈바람 보듬고
붉음 바른 얼굴에
살포시 내민 입술
그 안엔,
달갑고 질척했던
여름날의 기억들이
알알이 익어간다

공항 소묘

오늘도 호흡이 맞물린다

떠나가는 이
돌아오는 이

석별의 길은 먼데
세월은 날고 있다

눈이 마주친다
시울이 젖는다

가슴이 부푼다
속이 무너진다

목이 메인다
소리가 떨린다

발이 모아진다
길이 갈린다

인류의 바퀴 타고
교차하는 희비애환

오늘도 사연들이
어제의 흔적에 묻혀간다

# 그 가을

불혹의 서편으로
떠밀려간 소음

헤픈 세월 자락에
검게 부서진 숲

멀리 달아난 해 좇아
너부러진 기억

잔풀 부산한 언덕 너머
붉게 포개진 밤

어둠 먹은 달빛
뒤척이는 갈잎

아무도 들여다보지 않아
길게 젖혀진 강

헤쳐진 별 무리
가늘어진 호흡

들쳐진 정적 타고
멀게 다가온 님

가을,
그 가을!

## 비내리는 '뉴포트비치

바람 타고 밀려와
먼지 저민 유리창 더듬는
범벅진 빗줄기 흩어져 내림은
이국 길손의 향수

긴 밤 녹인 뒤척임에
낡은 아침 차갑게 맞는
비 젖은 야자수 흐늘거림은
이국 길손의 번민

빗방울 뛰노는 바다 위로
융단 파도 굴리며 무겁게 나는
외로운 갈매기 울음소리는
이국 길손의 탄식

검은 구름 사이로
살포시 비쳐 보이는
희끗한 하늘의 퍼들거림은
이국 길손의 염원

## 러브 리허설

리허설만 있었더면, 그 혀!
나의 사랑, 그대를 멀어지게 하고
공허의 파도를 핥고 있진 않았으리

리허설만 있었더면, 그 가슴!
나의 사랑, 그대를 방황케 하고
애통의 그늘을 떠돌고 있진 않았으리

리허설만 있었더면, 그 감각!
나의 사랑, 그대 주위를 배회하다가
허영의 더미들에 무디어 가진 않았으리

리허설만 있었더면, 그 운명!
나의 사랑, 무너진 시간을 다독이며
물려진 경로, 그 경로에 머물지는 않았으리

## 하얀 이별

헤어짐의 아픔이
만남의 기쁨을 무를지라도
슬퍼하지 말기로 해요
눈물을 보이지도 말기로 해요

우리의 인연은
묽게 버무려진 것이었고
매듭을 올리기엔
가녀린 어울음이었지요

눈두덩 보듬고 마음가락 모두던
달달하고 은은했던 꿈같은 순간들
순수한 감정들이 지어낸
시 한편이었다고 기억하며

만남이 이어질 수도 있다는
옅은 기대를 진하게 마시면서
오늘은 그저, 그간 정겨웠다 하며
하얗게 웃고 헤어지기로 해요

사랑

사랑은
현란한 자태로
하얀 거품 자락을 펼치며
영혼들을 불러들이는
눈물의 바다로다

천진한 이들을
나침반도 없는
야릇한 요트에 태우고
쉴 새 없이 들척이는 항해에
살같이 몰아간다

다감한 이들은
끝내 못 닿을 수평선을
애타게 바라다가
그 눈물의 바다에
허덕이며 잠기고 만다

사공*


배에 홀로 탄 삿갓 노인이
노 젓는 아리따운 여인에게,
'마누라, 반갑소!' 한다


여인이 놀라 노인을 보니,
'당신 배에 탔으니
내가 서방이 아니요?' 한다


물 건너 배를 댄 사공 여인이
내리는 삿갓 노인에게,
'새끼야, 잘 가라!' 한다


노인이 놀라 여인을 보니,
'내 배에서 나갔으니
내 새끼 아니요?' 한다

───────────
*회자민담

## 재회

얼마 만인가!

하늘의 도움으로
맞물린 인연은
무지개 펼치는
구름으로 돌아왔지

장맛비 둘러선
처마 아래의 상면은
시간을 포개는
걸출한 재회였지

반가웠네!

## 서울 왔시유

이어폰을 끼셨구먼유
전 그것두 모르구
절 보구 활짝 웃어주시길래
저두 입이 찢어지게
웃어 드렸구먼유

난데없이 "야, 이 자식아!" 하시네유
까암짝 놀랬구먼유
제가 욕먹을 일 했나 했구먼유
핸즈프리로
전화하시는 중이셨구먼유

시골서 와서유
경복궁을 갈려는디 길을…
아이구, 휙 돌아서 가시네유
바쁘신가 본디
제가 실례 했구먼유

여자분들이 다 똑같네유
억순이 작년부터 시골 와 사는디

서울 올라온 줄 알고 반기다가
뺨따구 맞을 뻔 했구먼유
헷갈려서 시골루 가야겄구먼유

## 낡은 수레

밤마다
골골한 소음을 낸단다
미끈하게 달리던
싱그러운 시절도 있었는데

세월의 무게에 눌려
일그러진 수레가
헤어진 기염을 토하며
질긴 운율을 나르나 보다

돌이킴 없는 노쇠의 길목에서
허덕이는 바퀴들이
디뎌온 여정을 탓하며
잠긴 어둠을 들먹이나 보다

아침이 되면
동녘 햇살 감당 못해
고개 떨군 퀸팜의 푸념은
곡조 없는 흐느낌으로 벽공을 친다

## 각질

혼자 있는 오후
살며시 방에 들어온 해가
늘어진 길손의 몸을
정든 만남으로 더듬는다

냄새 빠진 신문지 위에
베어버린 손발톱 조각
깎아내린 굳은살 조각
하얗게 무덤을 이룬다

막연한 생계 이루려
쉼 없이 부리던 몸
결국은 흙으로 돌아가려
맥없이 부서져 간다

그늘 먹고 졸던 하루
춘삼월로 깨어날 즈음
돌아온 아이들 소리에
허한 입김, 황혼을 젓는다

## 떠난 듯한 시간을 찾아서

붉은 노을에 던져진
한 줌의 흙덩이
망각의 그물 젖히며
생물처럼 펄떡인다

꿈 달고 술렁이던
지난날의 기억들
사이렌 소리에 물려
걸은 숨을 토해낸다

새처럼 나비처럼
산천 오가던 나날들
구름 보며 달별 보며
정서 부풀던 나날들

꽃봉오리 터짐에
환호하던 나날들
갈림 속에 엉킴 속에
번민하던 나날들

덧없이 속절없이
부서뜨린 나날들
생계에 핑계에
일구다 만 나날들

오늘도 뒤척인다

꺼져가는 불 위로
살랑이는 물 너머로
좁혀지는 숨 사이로
낡아가는 등 뒤로

떠난 듯한
그 시간들을 찾아서…

## 시인

시인은 외롭다
별난 세상을 살아서

시인은 헐겁다
오만 감성이 드나들어서

시인은 어눌하다
길게 말하면 안 되어서

그래서 더
외롭다

4

겨울에

*In Winter*

## 그 겨울

일구오십일년 일월
평안남도 진남포시
십만중군 인해 돌출
유엔합군 철수 조짐


일촉즉발 터질 전운
혹한 두른 붉은 항구
시가 덮는 사이렌음
골목 메운 하얀 입김


유랑극단 목선 빌어
가쁜 숨결 움켜 담고
눈보라에 성난 바다
구름 같은 잿빛 항로


거센 바람 돛 부수고
끄욱 끄욱 속 비우고
하늘 보고 시름 털고
초록 별에 목숨 걸고

셀 수 없는 밤낮 너머
육지 만난 불구 행선
질척 질척 인가 찾아
시린 눈길 헤쳐 밟고

결국 왔소 끝내 왔소
자유로운 향내 찾아
꿈에 보던 남쪽 땅에
내 어머니 잘 오셨소

## 상사 喪事

밤하늘 떠돌던
황색 별 하나
칠흑 어둠 속으로
아스라이 멀어 간다

그늘 익히던
먼지 탄 번민
더불은 기억 사르며
망연히 무너져 간다

부산한 행각 속에
갈갈이 헤어진 꿈
마른 푸념 쓸어 담으며
하얗게 접히어 간다

어머니 가시고
님도 가시고
나도 가야 할 그 길엔
아직도, 젖은 음성이 분분하다

그래도,

살진 바람은

벌어진 구름 사이로

찢긴 계절을 밀고 간다

갈마바람


달아나는 세월에
체신은 단출해 가나
심상心狀은,
온갖 짐 얹은 수레처럼 무겁다


간 날보다 올 날이 적은 듯
부질없는 걸음 놀이
지펴온 그림자 삭히며
동녘으로 뒤뚝인다


하늘의 뒤척임에
땅의 허덕임에
말갛게 달아오른 갈마바람은
어둠 타고 시어를 나른다

# 바다 인연

태고의 꿈 허적이던
거품 물던 길섶 놀이
시린 살 껍질 달고서
흐늘흐늘 왔나이다

길고 길던 그 먼 날에
엷은 숨결 잠재우던
칼날 같은 눈흘김에
머리 풀고 묻나이다

뒤얽혀진 세상살이
오물처럼 토해내며
암벽치는 담담함에
가슴 열고 우나이다

천세 두른 고고함에
양털 조끼 파도 타고
이어진 길, 휘어진 길
길게 돌아 가나이다

별이여


　어둠 널린 밤, 일그러진 달 편잔에 잘게 흐르는 물꽃 되어 잠든 하늘 뒤척이는 별이여, 코요테 떼 술렁임에 한숨 터는 길손 달래려 멀게 퍼지는 소리꽃 되어 광년 세월 풀어내는 별이여, 검게 파인 흐름 속에 담백 두른 고운 자태 맑게 터뜨리는 화로꽃 되어 여린 인성 부등키는 별이여, 내 세상을 훑겨 봄이 허탄하다 할지라도 표적 잃은 마른 행보 남길 것이 없다 하면, 차라리 허식의 탈도 벗고 부질없는 상념도 털고 그대의 진득함에 한길 가슴 묻으리다.

# 이름

우리, 이름 기억 못함에
마음 아파하지 말기로 해요

우리의 호흡을 어우르는 것은
이름 아닌 성품이 아닌가요

우리, 맑게 펼친 감성으로
발길을 모으기로 해요

이름 석자가 사람을 담기엔
두둑한 무리가 있지요

이름 때문에 혼동을 일구는
그런 사람도 있지 않나요

# 욕망

달아나는 세월 따라
쉼 없이 들척이는
그대의 걸음,
땅 비늘 긁는
억년 묵은 붉은 바람

날개 세운 눈 아래로
쏟아져 내리는
그대의 웃음,
바위섬 부수는
망망 바다 미친 파도

꿈길 헹가래에
뜨겁게 헐떡이는
그대의 울음,
빈 하늘 휘저으며
심술 붓는 융단 구름

억 겹의 고개 넘어
무겁게 펼쳐지는

그대의 침묵,

분주했던 흐름 끝에

길게 멎은 검은 호수

# 만남

수없이
다가와

눈길을
더듬고

숨소리
부딪던

분주한
마주침

하지만
여전히

만남은
없었다

# 시인의 고해

백포를두르고초록을들먹이
던달구어진나의시어들은콘
페티*조각처럼사방에흩뜨려
져천진한이들의목을굳히고
눈을적시고코를돋우고입을
불리고귀를젖히며검은오르
가슴그좁고후덥한환락에미
친듯이축축한괴성을쏟아내
며세간을어지럽히었나이다

---

* 콘페티confetti: 경사로운 일을 축하하기 위해 사람들이 모인 자리에서 공중에
터뜨려 흩뜨리는 작은 색종이 조각들

## 얽힌 시론

난해한 구절들을
그럴듯하게
잘 늘어놓아야
잘 쓰는 시랍니다

자위 경에 빠지듯이
파자마 바람에
끄윽끄윽… 윽끄윽끄…
정신없이 갈긴 펜의 진물로…

한두 마디 은유로는
어림도 없답니다
마구 뒤틀고 흔든 담에
각을 세워야 한답니다

읽는 이들도 헷갈리어
혀 길게 내밀고 혼 빠지게
마구 손뼉을 친답니다
티베트인들이 낯선 사람 맞듯이

단순하고 간결한 표현들은
젖을 갖뗀 아이의 걸음걸이 같다고
"애들은 가라!"하면서
눈을 흘긴답니다

나도 해볼랍니다
브레인 믹서에 갈고 돌려서
뒤죽박죽된 기억 부스러기들
까만 얼음에 비벼서…

## 무일망상

이 밤만 부서지고 나면 난 아무 할 일이 없는듯하다 마주해야 할 누구도 없는듯하다 하지만 불면은 호랑지빠귀 울음에 고개 넘어 떠오른 소금장수 책하는 지어미 같다 이 밤이 녹은 후의 밝음은 내일來日 아닌 무일無日이라 최면 같은 되뇜에 달구어진 심근이 전신 세포에 환희를 퍼뜨린다 무일 무일 무일 신음소리 키보드에 얹으니 불현듯 문자는 영자로 돋아난다 and... and... and... 빈 트림하며 천진의 멍에를 분해한다 우하랄 그래 이 밤이 지나고 오는 여명은 무일無日일 수가 없는가 보다 어제와 오늘을 꿰차고 희죽거릴 내일來日, 바로 그 내일이 다시 오려나 보다

적막


이어짐이 없는
하늘도 꺼풀 닫은
촉각의 오지에
맥 풀린 감성들
차갑게 얽혀든다

호흡이 무너지고
기억이 녹아내리는
칠흑의 공간에
시간 긁는 잔상들
무겁게 허덕인다

혈당이 마르는
절연의 능선 너머
거미 떠난 휘장 안엔
심장 풀린 눈빛들
하나둘 꺼져간다

# 님은 안다

님은 안다

숨길래야 숨길 게 없다
한낮에 한 일도
한밤에 한 일도

심어 보던 시샘도
달아 보던 악의도
띄워 보던 그림도

폐 속 먼지 드나듦도
동맥 혈구 엉켜짐도
장내 찌꺼기 움직임도

개구리알 올챙이 된 순간도
민들레씨 새싹 된 순간도
막연한 살붙임이 아가 만든 순간도

산길에 자빠진 살쾡이의 사인도
새우 등치고 달아난 장어의 행각도

홀홀 나는 독수리 발톱 상처의 연유도

떠도는 구름덩이 뭉쳐진 과정도
쏟아지는 폭포수 펼쳐진 경위도
얽혀진 부부 갈등의 자초지종도

세상만사 부질없음을 깨달을 날도
곧아진 목 접고 엎어질 날도
허덕이며 하늘 향해 손 뻗을 날도

흩어진 숨결들 모아질 뒷날도
은하계 무너질 멀고 먼 미래도
시간 끝에 다가올 신묘한 세계도

님이 다 안다

그러니 이젠,
벌건 얼굴 들고 우쭐할 일도
퍼런 가슴 치며 실쭉할 일도
하나도 없는 듯하다

# 십자가

리비도 난무 속의
낭자한 도발

얽혀진 신음 속의
만세적 혼돈

영원의 흔적 담은
천운의 형상

로고스!
기이한 빛의 내림

천고의 기적 빚은
고결한 배려

참연한 절망 걷는
신묘의 치유

무수한 배역 부른
태고의 섭리

은하수 폭죽 속의
천상의 향연

우주가 접혀지면
펼쳐질 해피엔딩!

감사

수억의 호흡으로
이어온 목숨,
그 뒤엔 그분

수없는 생각으로
지어온 생애,
그 뒤엔 그분

수많은 걸음으로
맺어온 인연,
그 뒤엔 그분

언젠가 생의 끝에
마주할 미래,
그 뒤엔 그분

감사!
감사!
무한 감사!

5

영어로

*In English*

## Force

I believe that

The sacred force
That carved the universe,

Nowadays,

Lowers my haughty poise
And loosens my gasping voice.

# Resolution

My breath floats
At the crossroads
Of the old year fading
And the new year looming,

Groping for the throb of humanity
That has tirelessly puffed
Colorful arrays of profanity
Since the world first coughed.

Slices of time being arranged,
Crumbled, forged, and deranged,
And ceaseless clashes of appeals
Revealing untarnished ordeals,

I'd brush off sensory trivialities
Soaked in shoddy, illusory images
Doomed to vanish from crystal realities
As the cosmos fatally hemorrhages.

## Pomegranate

Embracing the autumn breeze,
With the face plastered in red
And the lips gently protruding,
Lo, inside the covering,
Savoring the sweetness and moistness,
Memories of the summer days
Are ripening seed by seed.

# When Autumn Comes

When autumn comes,
My soul harbors in the Land of Poetry,
Watching withered leaves tossing and turning
Under the trees shedding off their clothes.

My loosened, untangled heart,
Hanging in the sky, deep and wide,
Glides down with feather-like lightness
For a smooth landing on white paper.

As the wind, the rushing wind,
Vanishes o'er the ocean into oblivion,
My once confined slices of time
Lay diffusely across the naked boughs.

When autumn comes,
My soul sketches the Land of Poetry
With the ink trickling from
Colorful, savory memories of the past.

## Love Rehearsal

Only if I'd rehearsed, the tongue
That drifted you apart, O Love,
Would've not savored the waves of bleakness.

Only if I'd rehearsed, the heart
That kept you afloat, O Love,
Would've not waded through the shades of sorrow.

Only if I'd rehearsed, the senses
That hovered around you, O Love,
Would've not dampened to the piles of vanity.

Only if I'd rehearsed, the fate
That wiggled with elapsed time, O Love,
Would've not found the due course, yes, due course.

## Love

Love is
An ocean of tears,
Pulling the souls
Into its picturesque contour
Embroidered with white-foamed brims.

Enticing the innocent
Swiftly into a voyage
That jerks and jolts
Tirelessly on a fancy yacht
With no compass, yea, no compass.

Longingly gazing
Into the horizon,
Unattainable at long last,
The hearty end up immersed
In the ocean of tears.

# Still Flowering in Dokdo

Once upon a burgeoning dream,
With lush stems atop the ocean cliff,
Splashed and slashed by the fierce waves,
Precious being endures the indelible scars.

The sun reckons the days of its purity
Smashed and shattered to irretrievable pieces.
The moon tallies the nights of its piety
Ensnarled in fiendish bitterness and harshness.

Oh, still flowering in Dokdo,
Emitting the scent of supreme elegance!
Oh, still flowering in Dokdo,
Weaving the splendor of snowy white beauty!

Dreams scraped and unfulfilled,
Memories broken under the faltering stars,
Tears engraved up on the celestial walls,
Only be consoled by the Redeemer in heaven.

Oh, still flowering in Dokdo,

Shedding off the times of gloominess!

Oh, still flowering in Dokdo,

Witnessing the age-old tides of East Sea!

## Aged Wagon

O dear, yo, night after night,
Creepy heaviness pulses noise,
Yearning for the once smooth flight
That vaunted its youthful, agile poise.

The gravity of passing times
Makes this rugged vehicle
Toss out wry and tarnished rhymes,
Spinning the shattered vehemence.

Around the corner of no return,
Cranky wheels thus strive to turn
Murky rings of dark clouds hidden,
Blaming the paths soulfully trodden.

As always, yea, pounding the morning
Dampened Queen Palm's sun-lit cry,
With its dainty voice mourning,
Tunelessly vapors into the blue sky.

# Meeting of Minds

Countless faces
Caress the gazes,
Tossing the breaths
Here and there,
But with no meeting of
Minds, not even one.

## Names

Let us not feel sorry about, James,
Not remembering others' names.

'Tis not the name, but the character
That helps our lives hold together.

Let us put forth our pure senses
To tune our steps towards oneness.

It makes no sense to squeeze ourselves
In teeny, woozy halves.

Let us not forget that some are bullied
'Cause their names don't prove them valid.

## Sewol

With the incense of prayers
Burnt night and day,
Preciously tendered they were
Like gold and jade.

Evil twists in humanity
Moistened the eyes of heaven,
Sweeping the standings of
Faultless trees full of dreams.

About 240 billion wons taken in
Minus 5 billion wons of golf clubs,
Shoved, thrashed, closed with parentheses,
Divided by 304⋯

When the nation reaches
The normalcy of its wakefulness,
The heart-tearing, noble sacrifices
Will be commemorated for infinity.

# Not Too Loud

It all started with that desire
To surpass the scratches of being.

Now it makes awkward turns
To disrupt the modulation of equity.

Early arrivals that stifled natives chant
To unravel the gusty glory of heroism.

Harshly shoveling out new arrivals
To declare who has the right of whack.

The brightness of the surface summons it
To launch a commotion against the few yet.

Late arrivals with a blessing of likeness,
Too, bask in the rally of the many.

It enthrones a figure like Goliath
To wield a stick like no one does.

Stirring the uproar of the hidden mass, not
Too loud, the raid sprouts.

# Exfoliation

Alone in the afternoon
The aging body is loosened
And caressed by the sunlight
That sneaked into the room.

On the tarnished paper
The chips of nails cut off
And dead skins scaled off
Pile up like a snowy tomb.

Through the rugged trails of life
The one and only body dragged restlessly,
Now headed back to the soil,
Slowly collapses into eternity.

As the day nibbles crumbs of shadows,
And wakes up in a flowery spring season,
Echoing the sound of children back home,
Tainted breaths roll in the twilight.

## Solitude

Dulled senses entangle
The knots harshly broken
In an airy triangle
Under the gloomy skyline
Emitting illusions.

In the blackened darkness
Where breaths soon disappear,
And memories dissolve,
Lost Images trapped behind
Tremble, groping for life.

The veils left by spiders
On a blood-scorching hill
Of unforgiving bleakness
Glimpse the heart-bitten eyes
And shut their lids one by one.

## Ultimate Prayer

The multitude gently waver
On top of your folded hands.

Amidst the ill lady's flickering mumbles,
The untamed child's restless cries,
And the blind poet's sizzling howls,
There you are,
With the figures dampened.

The pupils, staring at the heaven,
Embraced by fertilized oblivion,
Applauded by lush, splendid legends,
And escaping from mundane affairs,
Carve the boundaries of divine gifts.

Gulping in the red breeze of the desert,
The folded hands embroidered with wishes,
Like wild flowers not emulating white pines,
Like mountain springs not envying waterfalls,
Weave melodies of the ancient across azure skies.

All in a split second,

You are with me, splashing

Hot, steamy moans over my breaths.

# He Knows

He knows!


Nothing to hide;

Neither the sun can conceal,

Nor the moon can cover up.


The envy brewed,

The evil plotted,

The folly sketched;


The ins and outs of the dust particles in the lung,

The complication of the blood cells in the artery,

The decomposition of the food lump in the stomach;


The moment the tadpole emerged from a frog egg,

The moment the dandelion seed took roots underground,

The moment the carnal outing of two lovers sparked the impregnation;


The reason why the wildcat is laid dead on a foothill,

The whereabouts of the eel hitting and running away from the shrimp,

The details of the scratch on the flying eagle's claw;

How the hanging cloud has been formed from vapors floating in the air,
The origins of water drops that have formed huge waterfalls,
The conflict that the married couple got entangled in;

The day we will realize that all human affairs are vanity,
The day we will fold our stiff necks and fall on our knees,
The day we will stretch our arms for help from heaven;

The coming days when all breaths will be gathered for the final judgment,
The future when all galaxies will collapse for good,
The new, mysterious world that will arise with immortal humanity;

He knows them all!

O, then, what?

There'd be no need to splash haughtiness in reddish faces,

And no need to pound the chest to bruise for triviality,

whatsoever,


Yea, 'cause all is known!

## The Cross

The unleashed libido, knitting illusion,
Gushes the age-old, chaotic moans of confusion.

The celestial silhouette of eternal bliss,
Logos, wondrous light gleaming for the senseless!

The supreme provision kneads great wonder;
The divine reparation peels the dark despair.

Numerous castings speak the foreseen haven,
Granting the feast with fireworks in heaven.

With the universe truthfully lapsing,
Yea, there will indeed be a happy ending!

6

노래로

*In Music*

## On the Beach

Tides have taken the sun o're the ocean.
The shades of the twilight have just turned to black.
The flames of the fire blaze at the seaside,
shedding the layers of old memories.

The sounds of the night get muffled by the darkness.
The sands of the beach get tickled by the moon.
The heart of the traveler gets broken by the sea waves
bringing the faces in old memories.

I remember the things that were done in the past years
and the people that I met in ev'ry living corner.
Regrets that I have for the days that I've lived
fade in the fleeting tides of our times.

## 해변에서

해는 바다를 넘어간 후에
황혼의 그림자 자취 감추고
인적 잃은 해변의 모닥불 위에
멀어져 간 기억들 살아 오르네

밤은 무심히 깊어만 가고
어둠 젖은 모래에 달빛 스미고
밀려드는 파도에 부서진 마음
보고 싶은 얼굴들 사무쳐 오네

지나간 시절을 추억이라 하자
떠나간 사람을 미련이라 하자
흐르는 세월 속에 잊혀져 갈
우리의 인생, 무상이라 하자

## Like A Shining Star

Like a shining star in the sky,
you shed your light to the world.

Your smile moved many weary hearts.
Your words brought peace and love to all.

Like a shining star in the sky,
you shared your hope with broken hearts.

Your steps left many shiny trails,
lasting for ages to come.

O my dear friend, my dear friend!
When shall I see you again?

O my dear friend, my dear friend!
May you rest in heaven's home.

# 한 별처럼

어두운 세상을 비추는
저 하늘 한 별처럼
길가는 인생들에게
그 밝은 빛을 비췄지

험한 세상을 살면서
그 기품 잃지 않았지
따사한 정을 나누며
그 귀한 인생 보냈지

오 친구여 친구여
언제나 다시 만나리
오 친구여 친구여
영원 속에 안식하구려

## Mother

Brought up in the land and the times of turbulence,
Livin' thru the hardship and life-and-death challenges,
Honored with a record of splendid victories,
Blessed be the days of your life.

Shining like the moon o'er the dark clouds in the sky,
Flourishing like a noble lily blooming in the field,
Walkin' in traces of boastful humbleness,
Blessed be the days of your life.

Mother, my sweetest mother!
I'm grateful that you are my mother.
I pray you have a peaceful journey
with a long and healthy path of living.

Mother, my sweetest mother!
Oh, I pray you have a peaceful journey.

# 어머니

모진 세상을 안고 태어나셨지
거친 세상을 밀고 살아오셨지
수려한 인생의 빛난 모습들
귀히 축복받은 세월

구름 위에 달 가듯 인생 걸음에
너른 들판 한 송이 백합화처럼
청아한 인생의 고운 모습들
귀히 축복받은 세월

어머니
나의 어머니
사랑하는 나의 어머니
항상 평안하옵시길 오늘도 기도합니다

## Ah Ga Ya

Ah Ga Ya!  Ah Ga Ya!

Oh my darling, my precious child,
adorable and cherishable!

Sleepin' in peace, baskin' in bliss,
my dearest child, so charming!

As you walk stoutly and proudly in this world,
shine your bright light to the people of the times.

Oh my darling, my precious child,
my sweet, lovely child!

아가야

아가야! 아가야!

우리 아가 예쁜 아가
잘도 잔다 우리 아가

새근새근 잘도 자는
우리 아가 착한 아가

무럭무럭 자라나세요
세상 밝힐 인물 되세요

우리 아가 예쁜 아가
사랑스러운 아가!

# Happy Birthday

In the sky, the sun, the moon, and the stars,
they were all blessing the day.

On earth, the mountains and the trees rocked the world
on the day of your birth.

In the sky, the clouds, painting their smiles,
they were all blessing the day.

On earth, your family and people rejoiced
on the day of your birth.

Happy Birthday to you
and all blessings to you!

Happy Birthday to you!
Have a long, joy-filled life.

생일 축하해요

하늘엔 해와 달과 별들이
환히 비춰주던 그날
땅에는 산천초목들이
반겨주던 날

하늘엔 구름 둥실둥실
크게 웃어주던 그날
땅에는 가족 친지 모두
기뻐하던 날

축하해요, 생일을!
복되고 즐거운 날
축하해요, 생일을!
행복하게 사세요

## Hello People

Hello, people!
Look up and see the white clouds in the bright, azure
sky. And see this world we live in.

Hello, people! See the birds up in the air.
What on earth are you doing now?

Fly like an eagle hovering o'er the mountain tops,
high above and far away.

On your shiny, boosted wings, loaded with big
dreams, soar high, and reach the heaven's gate.

## 젊은이들이여

젊은이들이여
하늘을 보오
구름을 보오
세상을 보오

젊은이들이여
새들을 보오
당신은,
무엇을 하나요

하늘을 날아요
새처럼 날아요
저 높이
저 멀리

부풀은 가슴에
큰 꿈을 안고
날아요
어서 날아요

## Full Moon Night

'Tis the night of dreams with a full moon o'er the
mountains, and every living thing cradled in the dark.

Nothing can keep us from the dearest moment of our
closeness. The stars are beaming like blessing us tonight.

Riding on silver, silky wings to heaven
for a voyage of blissful and joyful venture
to the stardust of our pureness
and to the dreamland of our wonder.

Oh, I'm so happy 'cause you are the one that I so
love.

# 달빛 내리는 밤

달빛이 내리는
꿈같은 밤이에요

온 세상 하얗게
잠들었어요

영원히 멈출 수 없는
우리의 사랑

별들도 하나둘
우리에게 미소해요

우리는 은빛 나래를 펴고
영원한 꿈의 세계를 날아 가요

우리 둘만의 세계
모두가 아름다운 세계

오 행복해요,
당신을 사랑하니까!

## Life Is Vanity

Life is vanity like dew drops on the grass,
flashing and flaring out in the sun.
People come and go, but no one tarries forever.
After all, life is just vanity.

Life is vanity like falling leaves in the wind,
spotted and soiled in harsh rain and snow.
Days and nights go by, slipping through the ages.
After all, life is just vanity.

Life is vanity like shiny stars in the dark,
glittering and glaring out thru the night.
Smiling and sighing, laughing and crying..
After all, life is just vanity.

Clouds floating in the sky, where are you headed now?
On a foamy, flowery journey, where are you headed
now? Thru the glossy trails of life into far eternity..
After all, life is just vanity.

## 인생의 길

풀잎에 맺힌 이슬 방울에 비쳐지는 햇살같이
다가온 모습 멀어간 모습 찾아가는 인생의 길

바람에 밀려 떨어진 잎에 적셔지는 빗살같이
세월에 묻혀 꿈조각 되어 걸어가는 인생의 길

어둠이 들면 둥근 달 아래 반짝이는 별들같이
미소 지으며 한숨지으며 살아가는 인생의 길

구름 흘러, 흘러가면 어디로 가려고
하늘 너머, 너머로 끝없이 떠가나

하얀 자취 남기며 아득한 하늘을
흘러가는 인생의 길

## 오 대한민국 O Dae Han Min Guk

오 나의 사랑 대한민국
아름다운 산천 신비로운 나라
선인 선각들이 화히 사는 나라
고요한 아침의 나라

오 나의 사랑 대한민국
세계 만민들이 선망하는 나라
어둠 속에서도 빛을 내는 나라
무궁화 꽃 피는 나라

유구한 역사, 찬란한 문화
수려한 반도 삼천리
백의의 정기, 설악의 기개
고아한 태극의 나라

오 나의 사랑 대한민국
그 이름 영원하여라!

오 대한민국 나의 사랑
그 이름 영원하여라!

O Dae Han Min Guk,

the Land of the Morning Calm!

May it shine, shine, shine forever!

작품해설

맑은 거울로 비추어진
세상에 던지는 메시지

지연희(시인)

# 맑은 거울로 비추어진
# 세상에 던지는 메시지

지연희(시인)

1.

시인의 가슴으로 만나게 된 삶의 편린들은 그 시인이 내다본 세상이며 어떤 누구도 넘나들 수 없는 절대성을 지닌다. 보편적 이성과 지성, 보편적 감성을 뛰어넘는 절대적 독자성을 지닌 특별한 세계이다. 다만 이 독자적 시선은 보편적인 삶의 질서를 벗어난 난무의 것으로 규정짓는 건 아니다. 너와 나 인간으로 사는 기본 틀 속의 태어나고 성장하며 소멸하고, 다시 생사를 거듭하는 희로애락의 그것이지만 시인은 이 고정된 행로의 길에 들어가, 다시 말하여 길에 투신하여 남다른 무엇 하나를 섬광처럼 천착해 내겠다는 의도이다.

박시걸 시인의 첫 시집 제목은 '시로 보다(Poetic Reflections)'이다. 자신의 총체적인 시문학의 크기와 그로 내포한 삶의 내력을 시를 통해서 관조하려는 의도이며 독자의 시선 또한 여과 없이 받아주기를 기원하는 무언의 약속이기도 할 것이다. 허심탄회하고 진솔한 고백이기도한 시문학은 때문에 어느 장르의 문학에서 맛볼 수 없는 가슴 속 깊은 감동을 느낄 수 있게 된다. '시로 보다 – 시는 너와 나의 삶의 근원적 의미'라고 해도 무방하다. 어떤 사람이거나 그가 사는 세상 속에는 수많은 '너'를 동반하고 있어 그대를 만나고, 여자를 만나고, 우리를 만나고, 가을을 만나 존재를 확충하게 된다. 하여 영국의 시인이자 비평가인 매슈 아놀드Matthew Arnold는 '시는 인생 비평이다'라고 했다.

박시걸 시인은 2012년 월간 시 문학지 『심상』 신인문학상을 받고 시작

활동을 시작하고 2015년 사단법인 한국수필가협회 기관지 월간『한국수 필』신인문학상을 받아 수필가로 국내외의 문단에서 활동하고 있다. 연 세대학 경영학 학사 과정을 맡치고, 뉴욕 주립대학교 석사, 미시간 주립 대학교 커뮤니케이션학 박사과정을 수료한 시인은 30여 년 재미 동포로 고국에 대한 그리움을 문학적 소양으로 닦아온 흔적이 선명하다.

시인은 해마다 여름 방학이면 고국에 들어와 연세대학교 하계수업을 맡고 있어 근 한 달여일 동안 고국에 대한 향수를 풀고 재충전하여 다시 출국하고 있다. 현재 미국 캘리포니아 주립대학교 교수로 재직하며 후학 을 육성하는 역량 있는 교육자이다. 오늘 우연한 인연으로 박 시인의 문 학을 가까이 접하게 된 필자는 진솔한 마음으로 그의 인생비평의 시선을 따라가기로 한다. 열심히 투신한 이력에서 비춰지듯이 허술하지 않겠다 는 생각을 앞세워 접근하고 있다.


2.
태초 이래
온갖 사연 지어온
인성의
맥을 더듬는다

끝없는 부딪김으로
허물어지고
일구어지는
시간의 엮임 속에서

우주 끝엔 없을
지리한 허상들

비워 보려
오감을 턴다
          - 시「작심」중에서


그리 믿는다


설익은 하늘 조각하던
신비한 생성의 기운은


오늘도


돈은 고개 떨구게 하고
조여진 마음을 헐겁게 한다
          - 시「순리」전문


　군건한 현실부정의 의지가 극명하게 발휘된 '의미 없음'의 단호한 몸짓
이 시「작심」의 의도이다. '우주 끝엔 없을/ 지리한 허상'에 맞선 항거이며
우주 안에서만 존재할 수 있다 말하는 불신의 세상에 대립하는 현실 부
정이다. '끝없는 부딪김으로/ 허물어지고/ 일구어지는/ 시간의 엮임 속에
서' 낡고 타락한 의미들에 대한 '순수 회복'이기를 빌고 있다. 때 묻지 않
은 영혼의 회복을 꿈꾸는 갈망이 날을 세우고 '오감을 턴다' 는 냉소적 갈
등이 이 시의 흐름이다. 모든 감정의 실올들로 일으켜 세우는 의미들을
통틀어 거부하고 부정하는 폭동과도 같은 질타가 아닐 수 없다. 그러나
폭풍의 요동과도 같은 세상에 던지는 이 반란은 결국 잃어버린 '순수'를
찾아 길 떠나는 낙원으로의 규환이다. '해가 가고/ 해가 오며/ 호흡이 부
풀리는/ 길목에서// 태초 이래/ 온갖 사연 지어온/ 인성의/ 맥을 더듬는
다' 로 시작하는 첫 연의 의미는 해가 지고, 해가 뜨는 하루가 지닌 시간

과 공간 속에 있다. 더불어 거듭 반복되는 하루라는 시간에 업혀가는 일상의 몸짓들은 태초이래 타고난 성품에 기인한 '지리한'임을 인식하기에 이른다. 호흡이 부풀릴 만큼의 꿈과 희망으로 가득한 삶이기도 했으나 지금은 '지리한 허상들'로 귀결되는 아픔을 비워내려 오감을 털어내고 있다. 다만 다음 시를 들여다보면 예리한 작두날 위에서 춤을 추는 신들린 무녀의 주술 같던 '작심'이 순리의 물결로 흐르는 대립적 세계와 만나게 된다. '그리 믿는다'라는 순한 긍정으로 시작하는 시 「순리」의 중심으로 들어가 보면 '돈은 고개 떨구게 하고/ 조여진 마음을 헐겁게 한다'는 고백에 이르게 된다. 어쩔 수 없는 현실 수용이다. '설익은 하늘 조각하던/ 신비한 생성의 기운은' 어제처럼 오늘도 고개를 떨구어내고 마음을 헐겁게 한다는 것이다. 이 같은 심적 변화의 저변에는 절대 믿음 하나가 존재하지 않겠는가 싶다. 부정의 끝에 머무는 긍정의 기대라고 해야 할 것 같다. 어떤 부정적 요건 앞에서도 '신비한 생성의 기운'이 빛으로 비춰질 것이라는 신뢰이다.

3.
달린다

파란 꿈음 뿜으며
쿠얼 컬

붉은 숨결 토하며
허얼 헐
             - 시 「기차 인생」 중에서

전쟁이다

화력이 대단하다
전술도 화사하다

어디서 모았을까
그 놀라운 것들을

수라장 싸움터
난무하는 팔, 다리

머리 잘려 허물어진
사연 절인 몸뚱이들

그 사이에, 평화가
얼굴을 디민다
                    - 시「전쟁과 평화」중에서


　박시걸 시의 총체적 가닥은 지리한 현실로 이어지는(부딪치고, 무너지
는) 삶의 고뇌에서 단호히 벗어나고 싶은 자유로움이 붉은 숨결로 비춰
지고 있다. 그 강도 깊은 신세계를 꿈꾸는 의식 너머에는 '그대' 혹은 '여
자'로 지칭되는 몇 편의 연시戀詩가 감성의 깊이로 생동감 있게 활동하지
만 박시걸 시의 활동성은 사회적 시선에 머물러 사람과 사람이 부딪치는
삶의 공간에 놓여진다. 시「기차 인생」, 시「전쟁과 평화」와 같은 시들에
서 천착하고 있는 의식의 세계는 '달린다'라고 하는 무엇에 집중하여 몰
두하는 도전정신에 있다. 최선을 다한 삶의 이름은 '후회 없음'이다. 신이
인간에게 부여한 많은 탤런트 중에서 열심을 다해 자신의 삶을 경영하게

한 의지 세움은 가장 훌륭한 인간다움이며 그것은 생명을 유지하게 하는 보루가 아닐까 싶다. 박 시인의 시는 자유로운 영혼으로 세상에 놓여진 삶의 바다를 힘차게 노 젓는 사공이다.

삶이란 물 위를 걷는 아스라함과 다르지 않다. 리허설 없는 단 한 번의 숙명으로 경영해야 하는 까닭에 박 시인은 시「러브리허설」에서 '리허설만 있었더라면 그 운명!/ 나의 사랑 무너진 시간을 다독이며/ 물려진 경로 그 경로에 머물지는 않았으리' 라는 비탄을 보여준다. 단 한 번의 인생행로에서 리허설 없어 놓쳐버린 아쉬움을 담고 있다. 꿍음을 뿜으며 붉은 숨결을 토하며 달리고 달려도 어디로 가는 건지 모르는 인생행로지만 그래도 달린다는 것이다. 비단 박시걸 시인에게 만이 국한되어진 인생길은 아니지만 시인의 '달린다'는 의지는 특별하다. 맹렬한 투사의 창과 방패로 무장한 시인의 전쟁은 승리의 깃발을 나부끼며 고지를 탈환한 장수의 포효를 듣게 된다. 승리의 깃발 이후 평화와 안식을 맞이할 수 있다는 것이다. '수라장 싸움터/ 난무한 팔, 다리// 머리 잘려 허물어진/ 사연 절인 몸뚱이들// 그 사이에 평화가/ 얼굴을 내민다'는 것이다. 어쩔 수 없는 산다는 건 전쟁이며 그리고 탈춤 같은 평화, 그 안에 '우리'가 존재하고 있다는 지옥 속의 평화를 역설의 힘으로 보여주고 있다.


4.
분주히 밀던 바람
바다 건너 멀어감에
구겨졌던 시간들
빈 가지에 펼치어 널며

가을이 오면
나는, 시를 쓰고 싶다

색색 걸쭉한 기억들 갈아서
그 물감으로…
- 시 「가을이 오면」 중에서


잔풀 부산한 언덕 너머
붉게 포개진 밤


어둠 먹은 달빛
뒤척이는 갈잎


아무도 들여다보지 않아
길게 젖혀진 강
- 시 「그 가을」 중에서


　가을을 눈으로 느끼는 사람들과 가슴으로 느끼는 사람들이 있다. 보편
적으로 가을을 가슴으로 느끼는 사람들에게는 가을은 조락의 의미로 젖
어들게 된다. 단풍의 그 화려한 색감도 결국은 떨어져 내림을 예비한 최
후의 눈부신 아름다움이기에 외로워하고 슬퍼하는 것이다. 위의 시 두 편
의 메시지도 종내는 '알몸이 되는 나무 아래서/ 뒤척이는 낙엽을 보며' 시
를 쓰고 싶다고 한다. '아무도 들여다보지 않아/ 길게 젖혀진 강'을 바라
보는 쓸쓸한 시선으로 놓여 있다. 잎을 다 떨어뜨린 알몸의 나무가 맞이
하고 있는 이별의 아픔을 가슴으로 체득하여 생존의 역사를 짚어 내겠다
는 의도가 시 「가을이 오면」, 시 「그 가을」이 내포한 메시지이다. 이는 시
「가을이 오면」의 두 번째 연에서 제시한 '헐거워진 나의 가슴'으로 유추
하여 길을 열어 주는데 알몸의 나무와 깃털처럼 가벼워 날아가 버릴 가
벼움이 서로 동일시되는 화합의 몸짓이 확인된다. 땅에 떨어져 뒤척이는

낙엽의 소명의식 또한 흙에 스미어 존재를 지우는 일이다. 이 가을의 공간에는 아름다운 봄, 열정으로 불타던 여름이 '바다 건너 멀어져 간' 허무의 시간을 맞이하고 있다.

5.

밤마다
골골한 소음을 낸단다
미끈하게 달리던
싱그러운 시절도 있었는데

세월의 무게에 눌려
일그러진 수레가
헤어진 기염을 토하며
질긴 운율을 나르나 보다

돌이킴 없는 노쇠의 길목에서
허덕이는 바퀴들이
디뎌온 여정을 탓하며
잠긴 어둠을 들먹이나 보다
            – 시 「낡은 수레」 중에서

냄새 빠진 신문지 위에
베어버린 손발톱 조각
깎아내린 굳은살 조각
하얗게 무덤을 이룬다

막연한 생계 이루려

쉼 없이 부리던 몸
결국은 흙으로 돌아가려
맥없이 부서져 간다

그늘 먹고 졸던 하루
춘삼월로 깨어날 즈음
돌아온 아이들 소리에
허한 입김, 황혼을 젓는다
  – 시 「각질」 중에서

　인생을 어느 정도 살아온 사람들이 느낄 수 있는 삶의 여정을 들여다
보면 나름의 고뇌가 묻어있다. 그가 지닌 방식의 아픔이 마른 땅에 스미
는 물방울처럼 젖어들어 시문학의 형식으로 언어를 배치하였다면 더욱
감동의 기폭을 넓히게 된다. 앞서 아놀드가 거론한 '시는 인생 비평'이라
는 비평을 거부할 수 없을 만큼 문학적 크기로 확대시키는 것이다. 필자
는 오늘 겉으로 바라보고 어렴풋이 느낄 수 있었던 박시걸 시인의 내연
의 세계와 외연의 세계를 보다 가까이 접할 수 있는 기회가 주어졌다는
것에 감사한다. 인생이라는 것은 그 어떤 사람에게나 고뇌가 따르는 법이
기에 시인의 각별한 삶의 길에 동참하는 느낌이 정겹게 다가선다.

　시 「낡은 수레」, 시 「각질」, 시 「무일망상」에서 감지하게 되는 일면들은
매우 진솔하게 접하게 되는 일상으로부터 벗어나기 어려운 의미이다. 그
들을 보다 진지한 깊이로 독자를 설득하는 시인의 능력에 동참하지 않을
수 없다. '밤마다/ 골골한 소음을 낸단다/ 미끈하게 달리던/ 싱그러운 시
절도 있었는데// 세월의 무게에 눌려/ 일그러진 수레가/ 헤어진 기염을
토하며/ 질긴 운율을 나르나 보다'라는 도입부로 시작하는 시 「낡은 수
레」의 2연의 의미는 '수레'라고 하는 사물을 객관적 시각으로 조명하고

있다. 세월의 무게에 눌려 다 낡아 일그러진 수레의 싱그러운 과거와 낡은 현재를 짚어낸다. 미끈하게 달리던 시절의 수레는 너덜하게 헤어진 육신의 버거움에 놓여 시간의 흐름을 순환시킨다. 되돌릴 수 없는 노쇠의 길목에서 허덕이고 있는 '낡은 수레'는 삶의 바다에서 직면하게 되는 우리네 가장이나 어버이가 걸었던 가난한 시절의 군상이다.

'냄새 빠진 신문지 위에/ 베어버린 손발톱 조각/ 깎아내린 굳은살 조각/ 하얗게 무덤을 이룬다' 는 시 「각질」의 의미 또한 힘겨운 가장의 삶이다. '막연한 생계 이루려/ 쉼 없이 부리던 몸/ 결국은 흙으로 돌아가려/ 맥없이 부서져 간다'는 것이다. 각질은 몸에 붙어있던 세포가 죽어 단단해지는 현상이다. 죽은 세포를 몸으로부터 떼어 내면서 흙으로 돌아가기 위한 맥없는 부서짐과 같이 생명이 머물러야 할 순연한 질서를 확대시키는 의도가 이 시의 메시지이다. 무심히 혼자 있는 오후 살며시 방으로 들어온 해가 나른하게 늘어진 길손(지구촌의 나그네)의 몸을 정든 만남으로 더듬고 있다가 손톱 발톱의 각질로 종래는 죽음의 의미를 연결하지만 그 젖은 상상은 집으로 돌아온 아이들 소리에 깨어나고 만다. 어쩔 수 없는 현실귀환이다. 이상의 「낡은 수레」와 「각질」의 시 두 편을 보편적 서민의 삶으로 들여다보았다. 시인의 자전적 체험일 수 있지만 너와 나 우리가 만날 수 있었던 가장의 일상이다.


6.
로고스!
기이한 빛의 내림

천고의 기적 빛은
고결한 배려

참연한 절망 걷는
신묘의 치유

무수한 배역 부른
태고의 섭리

은하수 폭죽 속의
천상의 향연

우주가 접혀지면
펼쳐질 해피엔딩!
　　　　　　- 시 「십자가」 중에서

수없는 생각으로
지어온 생애,
그 뒤엔 그분

수많은 걸음으로
맺어온 인연,
그 뒤엔 그분

언젠가 생의 끝에
마주할 미래,
그 뒤엔 그분
　　　　　　- 시 「감사」 중에서

　어떤 절대적 존재에 대한 믿음을 지닐 수 있다는 일은 축복일 수 있다.
간혹 인간의 능력으로 해결할 수 없는 신묘한 힘을 느끼게 될 때 종교는 나약한 존재가 가 닿아야 할 믿음의 원천이다. 감히 어설픈 안목으로 언급할 수 없을 만큼 깊은 믿음으로 느낄 수 있는 절대 신앙의 빛, 그 은혜로움으로 엮은 시 「십자가」, 시 「감사」 두 편의 신앙 시는 박시걸 시인의 종교적 깊이를 예감하게 한다. 견고한 체험으로만 구사할 수 있는 진정한 언어들이 간절한 기도처럼 울려 퍼진다. '로고스!/ 기이한 빛의 내림// 천고의 기적 빚은/ 고결한 배려// 참연한 절망 걷는/ 신묘의 치유// 무수한 배역 부른/ 태고의 섭리'를 접하는 순간 조용히 무릎 꿇어 기도에 이르게 하는 그리스도의 사랑을 감각적으로 느끼게 된다.

'수억의 호흡으로/ 이어온 목숨/ 그 뒤엔 그분// 수없는 생각으로/ 지어온 생애/ 그 뒤엔 그분' 그 뒤엔 그분- 그 뒤엔 그분- 무한 감사로 잇는 모든 인연, 모든 만남의 의미가 되는 그분께 드리는 믿음과 사랑이 깊어 더이상을 언급하기 무안해진다. 박시걸 시인의 시집에 대한 감상을 이쯤에서 마무리 해야 할 것 같다. 맑은 거울로 비추어진 모순의 세상에 던지는 아픔, 진지한 삶으로 잇는 성실한 주인의식, 절대 믿음으로 무릎 꿇는 신앙인의 진정성에 축복이 있기를 빈다. 첫 작품집이라는 소중한 명패 앞에 나약한 필력으로 대면한 만남이 자못 부끄럽지만 귀한 만남이었다는 사실을 밝히며 축하드린다.

박시걸 시집 『시로 보다』는 봄에서-겨울로 잇는 사계절 60가닥의 생명들과 영어로, 음악으로 분리된 26편 총 86편의 시들이 활기찬 호흡을 하고 있다. 각기 나누어진 장에는 계절의 의미를 분리해 말하려 하지는 않았다. 다만 봄=꽃의 이미지, 여름=욕망의 삶, 가을=이별의 아픔, 겨울=허무의 시선으로 간접 분리되고 있다. 영문 번역은 앞서의 한글 작품들을 영문으로 이해시키기 위한 외국인들에 대한 배려이다. 물론 음반으로 제작된 음악 언어 역시 그와 같은 의도이다.

# 시로 보다

박
시
결  시
    집